모두 허공이야

김종해 시인
1941년 부산 출생. 1963년《자유문학》및《경향신문》신춘문예 당선.
〈현대시〉 동인. 한국시인협회 회장 역임. 현재 문학세계사 대표. 현대문학상, 한국문학작가상, 한국시협상, 공초문학상, PEN 문학상 등 수상.
시집『항해일지』,『바람부는 날은 지하철을 타고』,『별똥별』,『풀』,『봄꿈을 꾸며』,『눈송이는 나의 각을 지운다』등과 시선집『누구에게나 봄날은 온다』,『우리들의 우산』등이 있음.

모두 허공이야
김종해 시집

초판 1쇄 발행일 2016년 3월 25일

지은이 · 김종해
펴낸이 · 김요안
펴낸곳 · 북레시피
주소 · 서울시 마포구 신수로 59-1(04087)
대표전화 · 02)702-1800 | 팩시밀리 · 02)702-0084
bookrecipe2015@naver.com | www.msp21.co.kr
트위터 · @munse_books
페이스북 · facebook.com/munsebooks
출판등록 · 제2015-000141호(2015.4.24)
값 10,000원
ISBN 979-11-956154-2-1 03810

· 이 도서의 국립중앙도서관 출판예정도서목록(CIP)은 서지정보유통지원시스템 홈페이지(http://seoji.nl.go.kr)와 국가자료공동목록시스템(http://www.nl.go.kr/kolisnet)에서 이용하실 수 있습니다.(CIP제어번호:CIP 2016005403)

모두 허공이야

김종해 시집

북레시피

시인의 말

허공을 보았다

바람 부는 봄날, 벚꽃 꽃잎이 흩날리며 낭자하게 떨어지는 벚나무 아래 서 보신 적이 있으신지요.

떨어지는 꽃잎들이 허공 안에서 저희들끼리 날개를 펴고 또 한 번 눈부신 마지막 무도회를 여는 그 절박한 순간, 거기 꽃잎 사이로 언뜻언뜻 보이는 허공의 갖가지 모습을 보신 적이 있으신지요.

아찔한 벼랑에서 뛰어내리는 꽃잎도 꽃잎이지만, 천변만화千變萬化하며 움직이는 저 눈부신 공간을 잡아 두고 싶었습니다. 생명체가 남기는 마지막 아름다움이 담긴 저 허공을 저는 사랑합니다.

잠깐 사이 변하고 사라지는 것, 저 허공에 귀를 갖다 대고 그 울림을 듣고 싶습니다.

귀띔과 눈뜸, 깨침의 세계가 담긴 그 허공의 말씀을 시인으로서 저는 아직 알지 못합니다.

허공은 허공이 아닙니다. 허공은 잠시 모습을 보이는 숨어 있는 선禪입니다.

누구나 알아듣고 공명하는 그 깨침의 언어로 저는 시를 쓰고 싶습니다. 시인으로 등단하여 시를 써 온 지 53년째— 그러나 저는 아직 시인으로 불리워지는 것이 부끄러울 뿐입니다.

2016년 3월

지봉池峯 김종해

1. 천년 석불을 보다

2. 잘 가라, 아우

3. 수평선과 싸웠다

4. 어버버버, 어버버버!

5. 오늘은 신호등마저 얼룩져 보인다

1

천년 석불을 보다

천년 석불을 보다

괴로워하지 마라
그대 이생에서 몸 하나 가졌기 때문에
슬프고 기쁜 일 또한 그대 몫이다
그대 몸 하나를 버리고 이곳을 떠나면
슬프고 기쁜 일 또한 부질없으리
몸 하나 지니고
이생을 스쳐 간 사람들은 알고 있으리
그대의 몸 바깥에서 해가 뜨고
다시 해가 저문다는 것을
스스로 사랑하고 스스로 위로하라
짧은 날빛 그 안에서
몸 하나 비우려고
바람은 저렇듯 제 모습마저 지우지 않느냐!

모두 허공이야

이제 비로소 보이는구나
봄날 하루 허공 속의 문자
하르르 하르르 떨어지는 벚꽃을 보면
이생의 슬픈 일마저 내 가슴에서 떠나는구나
귀가 먹먹하도록
눈송이처럼 떨어져 내리는 벚꽃을 보면
세상만사 줄을 놓고
나도 꽃잎 따라 낙하하고 싶구나
바람을 타고
허공 중에 흩날리는
꽃잎 한 장 한 장마다
무슨 절규, 무슨 묵언 같기도 한
서로서로 뭐라고 소리치는 마지막 안부
봄날 허공 중에 떠 있는
내 귀에도 들리는구나

인왕산 수성동 계곡

서촌에 봄날이 와서 궁성宮城을 나서다
바람도 봄바람
인왕산 아래 건들거리며
갓 눌러쓰고 바람처럼 걸어가는 길
꽃잎은 천지에 흩날리는데
서촌 사람들 아직도 잠들어 있다
암벽 사이 계곡물은 마른 지 오래
산수화山水畵에 담긴 물은 흘러 흘러서
청계천으로 가는 시늉을 한다
궁성 밖 낯설지 않은 서촌의 봄날
꽃잎은 천지에 흩날리는데
서촌 사람들 잠 깨기 전에
지저귀는 새소리
뒷짐지고 걸어가는
아침 안개 속

수성동 계곡을 품 안에 안다

새 한 마리

눈바람 흩날리는 서촌의 겨울 하늘
허공 중에 떠서 혼자 길을 가는 새를 보면
문득 스쳐 지난 그 새
하루 종일 내 마음속에서 날아다닌다
나의 하늘 속으로 들어와
겨울 마포의 그물 속에 갇혀 사는 내게
날개 접는 법에서 날아오르는 법
세상 속으로 연착륙하는 법까지
가르쳐 주지만
해가 뜨고부터 해 지기까지
허공 중에 떠서 혼자 길을 가는 나는
왜 스스로 날개 접는 법을 모르는 것일까
그 새가 가르쳐 준 비법
이 땅을 뜨는 이륙법은
왜 알지 못하는 것일까

봄날 열흘

슬픈 일 하나에 깊이 빠져서
누구나 어둠 속에 갇힐 때가 있다
세상이 어두워 캄캄할 때가 있다
눈을 뜨고 있어도 보이지 않는 세상
천지에 봄날이 와도 봄날 같지 않구나
그런 날 어둠 속에서 꿈꾸듯
아침 유리창 햇살을 걷어 올리면
슬픔이 있던 자리
아! 거기, 눈부신 봄날
창밖은 수천의 환호하는 꽃잎들이
나 보란 듯이
반짝반짝 빛난다
벚꽃이 피고 지는 봄날 열흘 동안
바람은 불고
조도照度 30촉의 분홍 꽃잎들이

하늘에서 사방으로 흩날린다

더러는 내게로 와서 나를 깨우는

봄날의 꽃잎

슬픈 날을 지우는 꽃잎도 있다

봄이 눈앞이다

입춘날 아침
영하의 유리창 밖으로
새 한 마리 문득 날아간다
시력 끝에 매달려 또렷이 보이는 바람도
햇살 아래로 예리하게 스친다
이별 하나의 슬픈 화두를 끌어안고
겨울 내내 수묵색으로 가라앉아 있던
세상이 비로소 보인다
살아있는 자의 고통
나는 나의 안에서 지금껏
깊은 내상內傷을 입고 있었구나
입춘날 아침
가시거리可視距離 안에 환한 세상이 와 있다
그 사람 가고 없지만
봄이 눈앞이다

장례식날 아침

세상이 아름답게 보이는 것은
아직도 망자에게 시력이 남아 있다는 것이다
새벽을 향해 걷고 싶은 것은
아직도 망자에게 허기가 남아 있다는 것이다
길은 끊어져 있어도
고맙다, 하늘이여 땅이여
누구의 장례식 날이든
아직도 망자에게 남아 있는
소중한 오늘 하루
어디든 길 떠나고 싶은
환한 봄날 아침
세상은 모두 꽃으로 피어 있다

매미로 우화하다

무슨 슬픔으로 살아가더라도
살아 있는 날들이 그대의 낙원이다
매미여, 바라건대
아무 때나 울지 마라
네 삶이 다시 뜨거워질 그때를 기다려라
눈 감고 귀 먹은 채
굼벵이로 살아야 한다
어둠 속 토굴에서 묵언수행 칠 년
눈 떠 보니 세상은 온통 허공뿐이구나
깨닫고 보니 세상은 캄캄절벽
그런 세상 알면서 평생을 기다렸다
세상의 그늘에다 허물을 벗고
오늘은 햇빛 하늘로
마지막 삶의 일주일 산보 나간다
오늘을 네 삶의 천년으로 생각하라

참고 또 참았던 슬픔

오늘부터 일주일간 방성대곡 풀다 간다

유리창에 번지다

몇날 며칠 내내
비 오다 바람 불다
혼자서 바라보는 허공
빗방울 묻은 유리창에
일그러진 세상이 흘러내린다
그 안에 문득 쭈그러진 내 얼굴이 보인다
죽은 아우와 이탄李炭 시인이
함께 찾아온 지난밤은
아쉬운 봄날
그 밤에 마신 술의 취기가
아직도 남아 있다
망자亡者와 함께
지우고 또 지우며 바라보았던
유리창 바깥의 세상
거기, 문득 나 혼자 서 있다

마포의 은행나무

가을 은행나무를 바라보는 시각은
마포에 사는 사람마다 다르다
마포의 은행나무는
마포 사람들의 마음속에서만 단풍이 들고 낙엽이 진다
마포 포구 황포 돛배에서 부린 황금빛 볏섬이
광흥창廣興倉에 쌓일 때쯤
은행잎은 져 내리고 길거리마다 쌓인다
한 켜 한 켜 곱게 쌓이는 은행잎을 보면
마포 사람들, 저녁 한 끼쯤 굶어도 배가 부르다
마포 사람들 누구에게나
따뜻한 저녁이 유리창마다 빛난다
겨울이 오기 전에 마포 사람들에게
저마다 등불 하나쯤 켜 두고
마포의 은행잎은
낙엽으로 져 내린다

폴리시아스를 보다

가을 택배를 받았다
작은 잎의 우산 폴리시아스
연록색 잎사귀로 몸을 두른 우아한 여자
열대야 남국의 무대 위에서
이국적인 Live Music
나는 폴리시아스 숲속에서
그녀의 노래를 듣고 있다
가을이 가고 눈 내리는 겨울이 왔을 때
그녀의 음색은 어느덧 애처롭다
폴리시아스, 그녀가 한 겹씩 잎을 떨어뜨린다
삼동三冬이 다 지나갈 동안
그녀가 밤마다 떨군 잎의 의상은 1백여 벌
남국의 봄을 맞이했을 때
그녀의 몸에 남은 옷은 얇은 속곳 한 벌뿐
일흔 살이 지난 남자의 눈높이에 맞춰서

그녀는 일흔 살이 지난 폴리시아스
윤기 흐르는 긴 생머리는 모두 잎으로 져 내리고
상처 많고 거친 줄기의 폴리시아스
그녀가 발 디딘 화분 곁에 앉아서
어느새 닮아 있는 커플처럼
폴리시아스,
나도 한 잎씩 내 몸에서 잎을 떨어뜨린다

가을 어느 날

유모차를 타고 마트에 갔어
엄마가 천천히 미는 유모차
나는 잠이 오지 않아
마트 가는 길
가을 햇살이 짜증나
세상에 처음 나왔다가
길거리에 떨어지는 나뭇잎
나뭇잎이 불쌍하다
나는 엄마가 천천히 미는 유모차 안에서
막 소리쳐 우는 거야
내가 소리쳐 우는 이유를 아무도 몰라
아가야, 왜, 아가야, 왜
유모차 지붕 위로
커다란 나뭇잎이
또 한 장 떨어졌어

나라 안이 상중喪中이라

나라 안이 상중喪中이라
봄날마저도 가슴에 노란 휼장을 다는구나
올해 봄이 왜 슬픈지 너희들은 알겠구나
진도 팽목항 애끊는 포구
애절하고 비통하다
억울한 죽음이여
사는 길 지켜주지 못해서
노랑 리본 가슴에 꽂고
엎드려 사죄한다
이 나라와 사회는 아직도 미숙하다
얼마나 많은 세월호가
우리 곁에서 또 침몰해야 하느냐
나라 안 방방곡곡 슬픔을 삼킨다
봄날마저도 상중喪中이라
꽃들마저 상복을 입는구나

하얀 미사포 머리에 썼구나

눈 감고 가는 봄날

천지가 하얗게 저물어 가는구나

2

잘 가라, 아우

아직 헤어질 시간이 아니야

아우가 진료받고 있는 아산병원 암병동은
캄캄한 절벽 위에 있다
임영조 시인이 삶의 희망을
절벽 끝에 가느다랗게 새겨 넣고 떠난 그 병동에
오늘은 아우가 누워 있다
췌장암 말기, 간암으로까지 전이된 6개월의 시한부 삶
주치의는 청천벽력 같은 말로 아우에게 선고한다
벌겋게 달궈진 칠월의 폭염도
병실 창 안에서는 하얗게 얼어 있다
일순, 내 앞에서 지진과 함께 세상이 엎어진다
아우여, 이것은 우리가 한여름밤에
짧게 꾼 황당한 꿈
해는 중천에 떠 있고 갈 길은 멀다.
아직 우리가 헤어질 시간은 멀었다
그러나 엄중하게 초침은 가고 있다

아우의 일생이 절벽 위에서 위태로운데
무심하게 초침은 제 갈 길을 가고 있다
아직 헤어질 시간이 아니란 걸
아우와 하느님의 돈독한 결속을
나는 알고 있다
무신론자인 나마저도 오늘은
하느님의 기적을 굳게 믿는다

'하느님은 나의 빽'

자신에게 내려진 6개월의 시한부 삶,
아우는 일말의 흔들림도 없이
풀죽지 않은 빳빳한 일상 모습 그대로
주말에는 제주도에서 가족과 골프를 즐겼다
아우를 버티게 하는 힘은 무엇일까
자신이 맞닥뜨린 암癌과의 전면전을 위해
며칠 뒤 아우는 짐을 싸서 동경으로 떠났다
투병중인 전사戰士의 눈빛 속엔 하느님
'꿈의 암 치료법'이라는
중입자 가속기 치료를 받기 위해
아우는 동경으로 떠났다
얼마 남아 있지 않은 제 삶의 시간을 재면서
생生과 사死가 한 경계선에 맞물린
저 절체절명의 순간에도
외유를 즐기는 여행객처럼

아우는 배낭을 메고 유유자적하였다
암세포의 유전자만 파괴하는
초정밀 최첨단의 의료기 중입자 가속기보다
아우의 등 뒤에서 가만가만 인기척하시는 우리 하느님
투병하며 지새운 그 밤이 캄캄하고 오랠수록
새벽은 아우에게 더 밝고 환했으리라
'하느님은 나의 빽'
중얼거리는 아우의 말도 성서처럼 들렸다
아우여, 치유와 함께 찾아온 그대 새 삶에
부디 영광 있으라

화살을 쏘다

산다는 것은 움직이는 것이다
선량한 아우의 삶이 그러듯
아열대 사바나의 누 떼가 그러듯
아우는 누구보다 앞서서 초원의 풀을 찾아다녔다
그 초원 모두가 하느님이 차린 식탁이었다
뜯어먹는 풀잎 한 장 한 장마다 은총이 빛났다
사망의 골짜기는 깊고 어둡다고
사람들은 탄식하지만
그것 또한 하느님이 내린 계시
아우의 걸음을 잠시 멈추게 하고
사망의 이름으로
아우의 삶을 시험케 한 것도
하느님의 은총,
오늘밤 하늘을 올려다보며
투병중인 아우의 쾌유를

화살기도의 맨 첫머리에 매달아 쏜다

화살은 초원 위 어둠을 가르며 날아올랐다

사랑해요, 하느님!

동경의 아우에게서 문자 메시지가 왔다
그 이틀 뒤 가을이 오고, 아우가 귀국하였다
몸서리치는 암과의 사투를 끝내고
아우가 돌아왔다
늦가을 햇살은 무량하였다
생生과 사死의 몇 구비를 넘나들며
사망의 어두운 골짜기를 지나
하느님이 보우하사
아우가 온전히 돌아왔다
언뜻언뜻 떨어지는 단풍잎 뒤로
하느님의 옷자락도 보였다
가을의 은총은 깊고
떨어져 내리는 은행잎 한 잎 한 잎마다
은혜는 눈부시게 빛났다
기도하는 바람은 언제나 깊은 가을에 분다

세상의 모든 욕망을 땅에 내려놓고

가을 속으로 떠나는 나무들의 안위

나는 오늘 깨닫는다

치유와 행복의 그 따뜻한 의미

사랑해요, 하느님!

따뜻한 점심밥

1월 초순, 하늘 위로 한 점씩 눈발이 흩날린다.
6개월 시한부 말기 암환자 아우의 장례식이 있을
그 1월 한낮에
형제는 만나서 함께 밥을 먹는다
아우는 거두절미, 은혜와 기적을 말한다
아우가 말하는 기적 뒤에는 틀림없이 하느님이 계시다
리얼리really!
기적을 받아들이는 형의 가슴이 뭉클한다
지금 형제는 꿈속에서 만나
꿈을 꾸며 따뜻한 밥을 먹는 것이 아니다
숟가락을 놓고 물을 마시고 환담이 끝나면
형과 아우는 각자가 타고 온 승용차를 타고
일상으로 돌아갈 것이다
뼛속까지 스며드는 영하의 바람도
은혜를 맛본 자의 훈훈한 봄바람쯤은 될 것이다

점심을 끝내고 돌아가는 형의 가슴 속에는
또 하나의 히터가 켜져
이 삼동三冬을 녹일 것이다

잘 가라, 아우

암 투병 1년여 간의 여명餘命이 끝나고
마침내 호스피스 병동에 아우가 누워 있다
며칠 후, 며칠 후, 아우가 이승의 강을 건너간다
이별을 준비하는 호스피스 병동은
차라리 산 자들의 고문 장소
전지전능하신 하느님마저 나는 믿을 수 없구나
가슴속에 담아 둔 말 쏟지 못하고
아우여, 나는 아우의 여윈 손만 잡는다
눈을 감으면, 아우의 전생애가
한꺼번에 온몸에 감전되어 흘러내린다
너를 위해 세상의 어떤 말이
위로가 되랴
한 마디 말도 하지 못하고
아우여, 나는 너의 여윈 손만 잡는다

호스피스 병동

며칠 후면
한 사람이 하늘로 떠날 것이다
먼저 떠나는 사람과
남아 있는 사람
지상의 대합실은 슬픔으로 붐빈다
아무도 모르는 그곳
별보다 더 멀리
영원보다 더 오랜 곳
수많은 사람들의 행렬이
가고 또 가도 채워지지 않는 그곳
마지막 이별의 슬픔은
언제나 남아 있는 자의 몫이다
며칠 후면 이곳에
또 다른 사람이 와서
하늘로 떠날 것이다

아우가 이사를 했다

아우가 살던 집을 옮겼다
강 건너 마포 절두산 아래 부활의 집
봄 여름 가을 겨울
강물이 반짝이는 아름다운 땅
처형받은 성자들이 빛이 되어 머무는 곳
아우가 찾던 영생과 복락의 땅이 그곳일까
아침 저녁 오며 가던 강변북로
절두산 지하차도 지나며
운전대 잡은 채 화살기도 하던 곳
성자 김대건 신부와 짧게 대화 하던 곳
절두산 그곳으로 아우가 이사 왔다
마포 신수동 문학세계사에서
걸어서 30분
마침내 아우가 강남에서 강북으로 집을 옮겼다
이승을 넘어서 아우가 이사를 했는데

걸어서 30분

이젠 내가 이승을 넘어

이웃에 이사온 아우에게 가 볼까

가서 아우에게 못다 한 술잔을 함께 나눌까

절두산 아래 한강물은 흘러가며

자꾸 오라고 오라고 소곤거린다

아우여, 사랑해!

운동화 끈을 조여 매고 마포 신수동 현관을 나선다
절두산까지 걸어가는 동안
강변북로 옆에서 한강이 말없이 따라붙는다
절두산 부활의 집 아우가
나를 불러 내지 않았지만
오늘 나는 초대받은 사람처럼
순례자처럼 가볍게 걸어간다
당인리 발전소 지나
강변에 지천으로 핀 오월의 풀꽃들
눈부신 색깔이며 향기마다
하늘의 뜻이 담겨 있다
페달을 밟고 질주하는 젊은이가 부럽지 않다고
흐르는 강물은 내 옆에서 소리를 죽인다
절두산 부활의 집
그곳에 영생의 터를 얻은 아우여

절두산 순교 성지 누대의

거룩한 사랑과 영광을 그곳에 봉헌하며

내가 이곳에 온 이유

나는 잠시 아우와 교감한다

문득 가슴을 저미는 한 마디의 말

아우여, 사랑해!

밀잠자리 한 마리

이승의 일들이 궁금해서일까
남산 '문학의 집 · 서울'에서
일촌 김종철 시인 1주기 추모 행사가
열리기 30분 전부터
밀잠자리 한 마리 날아들어왔다
원형식탁 주위에 앉은 시인들은
예사롭지 않은 눈빛으로 밀잠자리의 비행을 지켜보았다
서로 한 마디 귓속말도 하지 않았지만
다수의 시인들의 예리한 상상력도
유족들의 눈빛도 그 누구인가의 혼령을 생각하는 눈치였다
고인의 유해가 있는 마포 절두산에서
남산 '문학의 집 · 서울'까지 날아와서 비행하는 드론
고성능 카메라가 장착된 밀잠자리 한 마리
사회자의 마이크 위에 잠깐 앉아 쉬기도 하고

행사장 허공 위를 빙빙 돌며 비행한다
—그리워하고 사랑하고 잊지 못할 그 누가 여기 와 있나
고인의 거대한 초상화 아래
고인의 아내가 마지막 장내 인사 말씀을 하기까지
밀잠자리 한 마리 나갈 생각도 하지 않고
'一寸 金鍾鐵 詩人 1周忌'의
'寸'이라는 글자 꼭대기에 느긋하게 앉아
꽁지를 끌어올리며
행사장 전경全景을 내다보고 있다

가을 저녁 여섯시에서 일곱시

가을 저녁 여섯시에서 일곱시
내가 차린 식탁 위엔 술병과 술잔
한 잔의 술을 마시기 전
유리창 바깥에선
어둠이 먼저 와 기웃거린다
빈 술잔에 술을 따르면
내 속에서 내가 사랑했던 사람들
무대 뒤에서 천천히 걸어나온다
자기 삶 속에서
아직 역할이 끝나지 않은 사람들
지금, 여기, 이곳을 떠난 사람들
그 사람들 지금은
어느 밤하늘 별이 되어 떠 있을까
오늘밤 바람이 불면
나뭇잎은 또 떨어져 이승을 비울 것이다

술병에 술잔에

술은 반 남아 흔들리는데

이승의 무대 위 등불은 저리 환한데

그리운 사람 더욱 그리워지는

가을 저녁 여섯시에서 일곱시

3

수평선과 싸웠다

이맘 호메이니 공항의 박수소리

이스탄불 공항에서 테헤란의 이맘 호메이니 공항으로 날고 있는 밤비행기는 1만m 상공에서 몇 번 몸을 떨었다. 캄캄한 대기권이 불안하다. TK874 항공 이코노미 좁은 좌석에 갇혀 나는 눈을 감는다. 번쩍 하고 섬광이 일면서 밤비행기가 폭발한다면, 인샬라! 나는 신의 뜻에 따르겠다. 히잡을 쓴 젊은 이란 여성들의 떠들썩한 대화가 부산 자갈치 시장 아낙들의 음색으로 들떠 있다. 밤비행기는 이슬람 아낙들의 설레임과 즐거움만 싣고 간다. 비행 서너 시간 내내 고향에서 듣던 음색 그대로다. 잠결인 듯 꿈길인 듯 쿵, 하고 지상 활주로에 기체의 바퀴가 닿자마자 이슬람 아낙들은 일제히 박수를 치는 것이었다. 무사히 지상에 안착한 감사 표시였다. 30년 전 서울—부산 국내선 비행기를 탔던 승객들의 박수 소리와 똑같았다. 국적과 인종이 다르지만 고향에서 듣던 박수 소리였다. 이맘 호메이니 공항의 불빛은 나그네의 손목을 따뜻하게 감싸쥐는 것이었다.

테헤란, 오아시스를 보다

사막 도시 테헤란을 처음 여행하는 이방인은
누구나 놀란다
고도 1천 5백 미터 이상의 고원에 도시가 있고
도시를 둘러싼 5천 6백 미터의 다머반드 산과
3천 9백 미터의 토찰산이
하얀 모자를 쓰고 있는 것을 어디서나 볼 수 있다
아아, 하얀 모자!
6월의 한여름 산 정상에 쌓여 있는
저 장엄한 눈
눈 덮인 산들은 어느 곳에서나
여행객들에게 축복을 보내 준다
거대한 사막 도시의 곳곳마다
지하 수로에서 흐르는 물
지하수는 테헤란의 가로수와 숲과 꽃나무
온갖 곡식과 열매를 맺게 한다

어디서나 고대 페르시아인의 지혜가 반짝인다
척박한 자연을 인공으로 극복한 낙원의 땅
나는 테헤란에 가서 거대한 오아시스를 보았다

조장*鳥葬

페르시아 사람들이 죽어서야 오를 수 있는 곳
야즈드의 모래언덕 석회석 사구砂丘에
두 개의 봉우리 침묵의 탑*이 있다
한 봉우리엔 여자의 시신이
한 봉우리엔 남자의 시신만 오르는
조로아스터교의 장례식 날
망자의 사체를 깨끗이 씻어
향유를 바르면
하늘에 떠도는 수십 마리의 독수리 떼
망자의 살과 피는 새들의 만찬
새들은 다투어 망자의 영혼을 이고 날아간다
새 떼와 함께
망자의 영혼은 아득히 하늘에 오르고
페르시아 사람들
그날이 저물기 전에

슬픔을 가슴에 파묻는다

멈추어라 바람이여

황량한 야즈드의 침묵의 탑 위에 서서

나는 오늘

이승에서 삶의 길을 묻는 시인 나그네

이곳을 거쳐 간

누대의 페르시아 영혼을 위무하는

화살기도를 문득 쏘아 올린다

* 조장鳥葬 : 독수리에게 시신을 쪼아먹게 하는 조로아스터교의 장례법.
* 침묵의 탑 : 조로아스터교의 조장터.

이맘 모스크에서

이스파한에서
이맘 모스크의 기도와 안식을 보았다
하루에 다섯 번
무릎을 꿇고 머리를 바닥에 대고
메카를 향해 기도하는
시아 이슬람 남자의 이마에는
진흙돌 모흐르* 자국이 나 있다
너는 흙이니 흙으로 돌아가리라
지워지지 않는 이마의 문신
엎드린 채 기도하는 사내의 이마와
대지大地 사이의 얄팍한 간극에서
무함마드의 말씀이 인각된다
이스파한의 이맘 모스크에서
잠깐 사이
기도하는 시아 이슬람 남자의

모흐르를 보았다

* 모흐르 : 직경 5cm쯤 되는 진흙으로 빚어 만든 진흙돌.
* 시아 이슬람 신도들이 엎드려 기도할 때 이마가 닿는 바닥에 모흐르를 댄다.

서정시인 허페즈의 무덤을 밤에 찾아가다

페르시아에서 가장 사랑받는 서정시인
허페즈의 무덤은 그의 고향 시라즈에 있다
허페즈 공원 안에 안치된 그의 유해는
14세기의 대리석 관棺 안에 그대로 누워
모든 페르시아 영혼들의 사랑을 받는다
여름밤에 그의 무덤을 찾아가서 경배했는데
히잡을 쓴 젊은 여성들이 그의 관棺에 기대어
허페즈 시집을 읽고 있다
부러워라
사랑과 평화와 안식의 아름다움
이란 사람들은 누구나 허페즈를 사랑한다
이란 사람들의 집집마다
서가에 꽂혀 있는 두 권의 책
한 권은 코란
한 권은 허페즈 시집

올해의 운수, 그날의 길흉을 점치려면
파랑새 점을 쳐 보세요
새장 안에서 새가 물고 나온 점괘에는
이란 시성詩聖 허페즈의 시 한 구절이
고단한 삶을 살아가는 사람들의
길을 환하게 안내한다

한 병의 술

가끔 눈 내리고 칼바람 부는 겨울의 끝
조손祖孫 3대의 한 가족이 여행을 떠난다
우리는 따뜻한 남쪽 나라 라오스로 간다
사람 사는 세상
어디서나 바람이 불고
살아서 바라보는 모든 곳이 낙원이다
할아버지와 할머니에겐 마지막 여행일지 모르지만
손자와 손녀에겐 새로운 세상
풍선이 떠 있다
붐비는 공항, 3박 5일의 여행을 움직이는 건
아들과 딸, 사위와 며느리들이다
잔치 치르는 집안처럼 모두 바쁘게 붐빈다
하는 일 없이 뒷전에 서 있어도
나는 홍겹다
비행기 뜨기 전에

나는 나의 손가방을 소중히 챙긴다

그 속엔 아직 따지 않은

한 병의 술

가족 이외의 한평생의 나의 위안과 즐거움이

나의 손가방 속에 숨어 있다

쏭 강에서

새벽마다 온동네 닭이 떼지어 울어서
나그네의 단잠을 깨우는 방비엥*
쏭 강이 흐르는 방비엥에서
카약을 타고 노를 저었다
거친 물살을 가르며 작은 배는 하류로 흐른다
정원定員 세 사람의 카약을 타고
조손祖孫 3대의 온가족 열네 명이
하늘을 밀며 저마다 노를 젓고 간다
기우뚱 기우뚱 배가 흐르는 선미船尾 위에
붉은 노을이 걸려 있다
물살은 매끄럽게 흘러가지만
노를 젓는 손바닥은 아프다
온갖 풍파를 견뎌온 내가 살던 날들은
곧 저물어 사라지고 말겠지만
그래도 세월이여

오늘 하루가 기쁘기만 하구나

풍경이 바뀌고

또 다른 카약이 나의 배를 앞질러 가지만

조손祖孫 3대의 온 가족이

모두 출렁이며 흐르는 쏭 강에서

나는 그저 오늘 하루가 즐겁기만 하구나

* 방비엥 : 라오스의 지방 도시

삼천포에 가면 누구나 나그네가 아니다

삼천포에 가면 고故 박재삼 시인이 어디든 동행한다. 새벽부터 이고 온, 갓 잡힌 생선 더미를 난장에 내려놓은 그의 어머니. 섬 갈매기들의 시끄러운 방언도 따라와 삼천포 수산시장을 떠받친다. 삼천포 포구에서 창선도 거쳐 남해도를 돌아들 동안, 어디든 바다는 제몸을 낮추고, 포구식당에서 먹는 생멸치조림 상추쌈밥 한 그릇에도 울컥해지는 이 세상의 은혜와 사랑. 입맛과 몸이 먼저 말을 한다. 삼천포에 가면 어디든 그 같은 가느다란 인연에 발목 잡힌다. 삼천포에 가면 한 잔 술에도 유정한 고향의 온기가 어디든 있다. 어깨를 낮춘 삼천포에 가면 누구나 나그네가 아니다.

수평선과 싸웠다

시월의 마지막 날 밤을
커튼도 없는 펜션에서 홀로 보낸다
제주도 애월읍 수산리
화산석 돌담이 저희끼리 포개진 언덕 너머
키높이 신발을 신은 수평선이
더 키를 높여서
해 뜨는 내일 아침
펜션 나의 침실 유리창 안을 들여다볼 것이다
아니다,
내가 내일 바다로 나가
수평선을 낮출 것이다
밤새도록 뒤척이며
날을 세운 수평선 위로
까마득하게 물결을 잘라 내는 서핑
유리창 가득 여수旅愁를 채운 바람이

한밤 내 불어오는 동안

나는 바다로 나가는 꿈을 꾸었다

제주도 '시인의 집'에서

제주도 조천朝天 앞바다가
누구 것인고 하였더니
와서 보니
손 세실리아 시인의
주방 속에 들어 있네
넉넉하게 시인의 새 접시마다
페이지를 달리하며
출렁이고 있네

자월도에 가서 파도를 보았다

어젯밤 모래 해변에
바다가 벗어 두었던 하얀 속치마
아침에 가서 보니
해당화 꽃잎마다 얹혀 있었다
바다가 감춘 속내
해당화 꽃송이마다 내비친다
하루에 두 번
낮은 물길로 섬을 연모하는 바다
들며 나며 속삭이고
때로는 온몸 던져 투신하던
너희들 이렇듯 서로 사랑하는구나
그 마음 결코 파도로 불리지 않더라도
사람의 바깥세상
깨닫고 보니 모두 행복 절정이구나
자월도 하늘에 뜬 붉은 노을도

오늘 저녁 내게로 와서

선홍빛 문자 메시지를 띄워 놓고 있구나

4

어버버버, 어버버버!

영도다리

천마산 초장동 말랭이에서 바라보는 영도다리는
시계가 없는 초장동 사람들의 자동 시계
오전 10시와 오후 4시에 들어 올려지는 영도다리는
눈으로 보는 시계
컴컴한 새벽 5시에 울리는 예배당 종소리는
귀로 듣는 시계
아침저녁으로 영도다리를 걸어서
학교를 오가는 키 작고 가난한 중학생
UN이 준 구호물자 신발을 신고
나는 영도다리를 오갔다
영도다리 계단 밑에는
운명을 점치는 점쟁이들의 점바치집
다리 아래로는 언제나 검푸른 물결이 춤을 추었다
저 다리 난간 밑으로 투신했던 사람들을
나는 꿈속에서도 무서워한다

하교 후, 영도다리가 들어 올려지기 전에
책가방을 들고 내가 숨차게 뛰는 것은
길이 끊어지기 전에 다리를 건너기 위해서다
길이 차단되면 남항동 남쪽 다리 끝에서
긴 시간을 기다리며
번쩍 들린 영도다리 아래로
외항에서 내항으로 이동하는 화물선을 지켜보아야 했다
푸른 물결을 가르며 지나가는 배는
언제나 제시간을 기다린 다음 천천히 지나간다
하늘을 향해 곧추섰던 다리가 제자리로 내려오고
그 다음 차례로 땡땡땡 전차와 온갖 차들,
저녁을 준비하는 사람 물결이 다리를 건넌다
다리를 건널 때마다 나는 배가 고팠다
자갈치를 지나서 충무동 시장까지 걸어가는 동안
나는 어머니와 잔치국수를 생각한다

고향길 찾아간다

바다가 내려다보이는 초장동 언덕길
꿈속에서도 눈에 밟혀 오고 가는 길
나, 일흔세 살 어린애가 되어
고향길 찾아간다
부산 천마산 아래 말랭이
초장동 언덕길은 숨이 차다
무거운 떡시루 머리에 이고
엄마가 앞서고
나는 뒤에서 엄마를 민다
새벽별 보고 나가서
저녁별 보고 돌아오시는 우리 엄마
아련한 모습 살아 있는 그 골목 비탈길
창문 밖 초록 바다는 언제나 물결치고
그 속에 떠 있는 영도섬은
집 나간 또 하나의 우리 가족

나, 일흔세 살 어린애가 되어
고향길 찾아간다

삐딱한 모과

치매를 앓고 있는 일흔 다섯의 외사촌형
지난해 가을 자기집 모과나무에
모과 아홉 알이 달려 있었던 것을
가까스로 기억해 낸
우리 토성국민학교 동창생
그의 집이 있는 초장동 언덕에는
2월에 벌써 봄이 와 있어
평생 철제 셔터 시공사인 그의 기술로
봄은 견고하게 창틀에 걸려 있어
모과 눈잎 트고 있는 모과나무에는
올해의 모과가 가지 끝에 박터지게
자리다툼을 하고 있다
올해 열릴 모과는 모두 몇 알일까요
문병 온 외사촌 아우
토성국민학교 동창생인 나는

그의 집 재래식 변소에서 오줌을 누며
형이 예측하는 올해 열릴 모과 숫자가
딱 맞기를 기원했다
삐딱한 모과 아흔아홉 개!
그래, 경호 형은 정말 예언자야!

따뜻한 봄날

대티고개 너머 구덕산에서
아버지가 지게로 지고 오신 나뭇단 꼭대기에
진달래꽃이 꽂혀 있다
젊은 아버지가 장난삼아 지게 위에 쓴 시詩는
눈부시고 아름다웠다
어머니는 진달래꽃만 곁에 두고
솔가지를 꺾어 아궁이에 넣었다
활활 타오르는 불꽃은 어머니의 얼굴 위에
황홀하고 발그레한 무늬를 수놓았다
시보다 아름다운 무늬가
젊은 어머니를 뜨겁게 했다
물은 설설 끓고 가마솥 위에 떡시루
김은 하얗게 장지문을 적시는데
떡은 다 익었다, 떡은 다 익었다,
절구통에 떡칠 일 빼놓고도

젊은 아버지는 할 일이 많으시다

따뜻한 봄날
부엌강아지 같은 어린 아들이
할 일 많은 아버지 옷깃에
자꾸 걸치적거린다

낮잠

여덟 살 때 하늘이 무너지는 소리를 들었다
우리 집 닭장이 엎어졌기 때문이다
하느님보다 더 무서운 우리 아버지
나는 아버지의 회초리가 무섭고
사사건건 고자질하는 누나도 무섭다
맷돌 뒤로 들어간 공을 꺼내다가
맷돌이 떨어지고
맷돌 위에 얹힌 닭장이 엎어졌다
닭장 속에는 알을 품고 있던 암탉이 소리 질렀고
달걀은 깨어져 물이 되었다
따뜻한 달걀 속엔 병아리의 심장과 핏줄이 떠 있다
부러진 암탉의 다리에 붕대를 감으며
나는 이제 죽었다,
아버지가 집으로 돌아오는 저녁나절까지
석유를 먹은 것처럼 나는 낮잠을 잤다

그날따라 마당에는

칸나꽃이 더 붉게 타고 있었다

눈물은 뜨겁다

— 「낮잠」 그 뒷이야기

나는 여덟 살,

맷돌 뒤로 들어간 공을 꺼내다가 닭장이 엎어지고

암탉과 달걀이 떡이 되었던

내 짧은 생애의 가장 큰 사고

그날, 아버지가 무서워 나는 낮잠 속으로 달아났다

총 맞은 노루처럼 무릎을 꺾고 낮잠을 자기 전에

나는 오늘이 세상의 마지막이기를 기도했다

거의 혼수상태로 잠에 빠졌는데, 누나가 나를 깨웠다

어느덧 저녁 그림자가 울타리에 비쳤다

무서운 아버지!

일 나간 부두에서 아버지가 오셨다!

어린 사형수의 얼굴은 오히려 담담했다

어디 다친 데는 없냐?

웬걸, 어린 아들의 상처부터 걱정하는 따뜻한 아버지

부두로 일 나가신 아버지에게 그날따라 무슨 일이 있었

을까

아아, 아버지는 아버지를 버리고 있다!

어린 사형수의 눈에서는 흐느낌이 있었고

눈물이 뜨겁다는 것을

나는 그날 처음 느꼈다

제삿날

칠월이면 우리 가족은 부산에 다 모인다
제일 먼저 부산을 떠나 하늘로 오르신 아버지
그 다음 어머니가 오시고
철공소 용접공 형님이 차례대로 오신다
밤 깊어 제상 위에는 향불이 아른거리고
유계幽界에서 두런두런 들리는 소리
어머니 목소리가 적막을 깬다
어머니. 어머니.
그러나 우리는 소리 내지 않는다
무릎 꿇어 잔 올리는 산 자들의 그림자
누님과 아우는 촛불을 바라보고 있다
부산은 우리에게 무엇일까
이곳으로 우리를 불러 모으는 힘은 무엇일까
제삿날 후대의 손주들까지 다 모여
아버지와 어머니가 드시고 남은 밥과 국을,

따르고 남은 술잔의 술로 음복한다
밤은 이슥하여 배가 부르다
고인들이 유계로 돌아가듯
우리들은 각기 제자리로 돌아가야 한다
칠월이면 우리는 부산을 떠나야 한다

생도生島를 바라보며

— 부산 태종대 앞바다에 작은 섬 생도生島가 있다. 악천후에 조난 된 뱃사람들이 이 섬에 올라 목숨을 구하므로 생도生島라 한다.

동짓달 열사흗날

우리 엄마는 하늘에 오르셨는데요

화장터에서 다비茶毘로 옷을 갈아입으시고

하늘로 오르셨는데요

영도 태종대 앞바다 작은 섬을 딛고

하얀 구름 몸에 감고 오르셨는데요

그날 파도는 하얗게 엎어지고

물새 떼는 소리 내어 울어댔어요

산 사람과 죽은 사람의 경계가 되는 섬

이승에 엄마가 남겨 놓은 작은 섬 하나

엄마가 그리울 땐

이 섬을 향해

엄마— 하고 목놓아 소리쳐 불러요

산책길

무슨 바람이 불어서일까
아버지 제사 지내기 서너 시간 전
형제는 산책을 나섰다
천마산 아래 초장동 생가生家를 돌아
나지막한 유년의 담벼락
초또* 골목 비탈길 돌아
아우는 앞에 서고 형은 뒤에서 걷는다
길에서 만난 호호 할머니
60년 전 벙어리 소녀는 어느덧 할머니가 되어
형제를 알아본다
시멘트를 바른 골목 비탈길
기쁨보다 비애가 더 많았던 그 길
형제의 회포는 달랐으리라
완월동 고반소* 지나 충무동 시장까지
돌계단을 내려가며 형제는 말이 없다

아우의 가슴에 담긴 애수를

뒤에서 걷는 형은 다 알고 있다

어린 시절 뛰놀던 그 운동장

내 가슴에 와 담긴 비애를

앞서 걷는 아우는 다 알고 있으리라

* 초또 : '초장동 언덕' 속어

* 고반소 : 일제 시절의 지서

어버버버, 어버버버!

아우가 죽기 일 년쯤 전의 여름 저녁이었다
그날은 아버지의 기일이었다
초장동 산복도로 우리들의 생가生家를 찾아
산책하던 아우가
갑자기 산복도로 맞은편을 향해
크게 소리쳤다
길 건너편에서는 구부정한 할머니 하나가
두 손을 들고 마주 소리쳤다
울음 같기도 한, 노래 같기도 한
그 외마디 음성
어버버버, 어버버버!
60년 전 초장동 비알에서
온동네 천대받으며 자랐던 그 벙어리 소녀
아아, 그 벙어리 소녀!
소녀는 자라서 할미꽃이 되어 있었다

아우는 길을 건너가서 할미꽃을 포옹했다
두 사람의 감동적인 프리허그!
세상 살아오면서 눈물처럼 짠하게
망막에 남아 있는
그날의 감동적인 프리허그!
등 뒤에서 보이는 세상은
그날이 사라져도 아름다웠다
오랫동안 아름다웠다

5

오늘은 신호등마저 얼룩져 보인다

오늘은 신호등마저 얼룩져 보인다

흐린 날

마포 광흥창역 네거리 신호등이 내다보이는

음식점 2층 창문 앞에 앉아

나는 혼자서 죽을 먹는다

횡단보도를 오가는 사람들을 하나하나 뜯어 보며

나는 왜 혼자서 죽을 먹는 것이며

지하철 승강기에서

지상으로 빠져 나오는 사람 중에

내가 찾는 사람은 왜 없는 것일까

그 생각으로 나는 갑자기 뭉클,

눈에서 눈물이 맺힌다

하늘은 스스로 흐려져 흐린 날이 됐지만

내 몸은 왜 이리 갑자기 물로 흐려지는 것이냐

죽그릇에 남은 죽을 비우지 못하고

나는 죽을 물린다

창밖은 여전히 흐린 날

오늘은 신호등마저 얼룩져 보인다

그대를 보내며

이별은 누구의 삶에서나 찾아오지만
나는 아니야,
나 오늘은 이별이 아프지 않다고
아픈 이별 하나를 잊기까지
오랜 세월 얼마를 흔들려야 했나
세상은 늘 창밖에 거기 그대로 있을 뿐
비는 하늘에서 내리고
나는 창窓 안에서 홀로 젖는다
이 세상 사람들은 모두 알고 있지
삶은 혼자서 걷는다는 것
우리는 서로 스쳐가고 있을 뿐
이별은 누구에게나 찾아오지만
나는 아니야,
나 오늘은 손 흔들며
그대를 보낼 수 있어

이별을 보았다

엘리베이터가 3층에서 멎고, 일흔을 넘긴 부부가 손을 잡고 천천히 걸어나온다 암병동 진료실 앞에서 남자는 여자를 의자에 앉힌다 여자의 겉옷 앞섶과 털모자를 다독인다 이 세상의 어떤 귀한 보물보다 더 소중하게 여자를 매만지는 품새가 애틋하다 세상의 천길 벼랑 끝에 서서 남기는 숨막히는 마지막 행위예술, 그들의 사랑과 이별이 어깨 너머로 순간 반짝이는 것이 보였다 일흔을 넘긴 평범한 부부가 남들이 보지 못한 순간순간 보여 주는 저 무언극의 적막, 지금 지상에서 떠나려는 여자를 남자는 온힘을 쏟아서 두 팔로 붙잡고 있다 이별의 순간이 다가온 것을 두 사람은 알고 있다 두 사람은 지금 지상에서 사랑의 의미를 한 글자 한 글자 손가락으로 힘들여 써 가고 있다

채혈을 하며

겨울 아침 일곱시는 캄캄하다
종합병동 채혈실 앞에서
순번을 기다리는 사람들
삶 속에서 가야 할 길이
아직 남아 있는 사람들이
저마다 팔뚝을 드러내면
의사들은 재빨리 정맥을 찾아 주사기를 꽂는다
주사기 속으로 채혈되는 소량의 샘플
한 사람 한 사람씩
제각기 다른 정글에서 살다 온 유전자가 담긴다
저마다 다른 생물적 소견
나뭇잎 한 장 떨어지면
그해 가을을 예감하는 사람들
때가 지나면 누구에게나
끊어진 길이 보인다

아직 해가 뜨지 않은 종합병동의

겨울 아침 일곱시

유리창 밖으로 보이는

도시의 저 정글 속으로

나는 다시 돌아가야 한다

인왕산을 사랑하다

인왕산 아래 내수동 마을로 이사온 지 12년째 —

이사온 첫날부터 인왕산은 산으로 제자리에 붙박여 있지 않고 언제나 행성처럼 나를 따라다녔다 그러므로 나는 남모르는 행복을 하나 더 얻었다 남들은 모르지만 아침부터 저녁까지 인왕산은 내가 가진 모든 창문과 세간살이와 서책, 심지어 나의 꿈속과 미세한 심혈관 속으로도 파고들었다 아침마다 마포 쪽으로 주행하는 승용차의 뒷좌석에서도 그가 당당하게 앉아 있다 이사를 해서 인왕산을 얻었다고 하면 믿지 않을지 모르지만 인왕산이 가진 숲과 바위, 바람과 안개, 온갖 새들의 지저귐, 도성都城을 눈 아래 두고 한철 피고 지는 꽃들과 시냇물 소리, 암벽과 함께 수억년 생성한 역사마저도 함께 나의 근친이 되었다

천식 앓아 누운 잠못 이루는 밤에도 인왕산은 문득 내 베갯머리에 어머니처럼 와 앉아 있다

인왕산을 지닌 자의 행복을 발설해서 안 될 이유가 없으므로, 나 오늘 역사 속에 스쳐 지나는 한 나그네, 인왕산 사랑하는 속내를 여기 밝힌다

러닝머신 위에서

일주일에 네 번 피트니스에 가서 운동을 한다
새벽 6시의 어둠은
오늘 새로 배달되는 하루의 첫 페이지
걸어가면서 나는 하늘에 적는다
러닝머신 위에서 구름을 생각하고 바람을 생각한다
모든 생生을 살아가게 하는 자연을 생각한다
러닝머신 위에서 천천히 달려가는 동안
나는 산과 강과 사막을 그려 넣는다
내 삶 위에서 헐떡이며 달려가던
세상 사람들의 실루엣이 추억 위에 떠 있다
희로애락이 담겨 있던
세상 사람들과의 또 다른 생生의 궤도를
나는 생각한다
허블망원경으로도 잡히지 않는
몇십억 광년의 우주의 저쪽

몇 겁劫쯤 지나서 가볼 수 있을까?

가파른 언덕을 지나면 평지의 길

어제의 험로險路가

오늘은 각을 지우며 나타난다

내가 날마다 밟았던 길이

오늘은 아래로 떨어지는 내리막길이다

이별 연습하듯 나는 그 길을

천천히, 천천히 걸어 내려가고 있다

나는 외롭다,

나는 외롭다, 내가 사는 곳의 도로명은 종로구 사직로 8길 24 그래, 맞다. 새벽에 잠이 깨면 잠시 자리에 누운 채(5초), 간밤 꿈속의 오래전에 죽은 지인들의 잔영 속에 빠져들다가(5초), 나는 누구이며 나는 이곳에 여기에 왜 와 있나 짚어 보다가(5초), 새로 바뀐 주소지 도로명 가족 친지 고향 친구 어제 스친 낯선 이름 떠올리다가(5초), 저녁마다 식탁에서 마셨던 술과 안주 이름, 간밤에 주차했던 아파트 지하 2층 4F의 내 차의 바뀐 주차 구역(5초), 근간에 자꾸 몸을 감추는 전두엽 속의 떠다니는 기억들, 스마트폰 앱에 저장된 나의 사생활의 온갖 약속과 병의원 예약 진료 시간들, 블랙박스 꺼내 보듯 천천히 천천히 일으켜 세우고, 새벽에 잠이 깨면 거실의 무시무시한 알람시계 소리 먼저 눌러 죽이고, 냉장고에서 꺼낸 제주 삼다수 한 컵 생수 이름도 새겨 마시고, 화장실에 앉아서 읽는 신문 오피니언 면面의 감성적인 문장과 그 사람 이름, 변비 증세와 고혈압으로 화장실에 앉은 채 너무 힘을 쓰지 말 것을 스스로에게 당부하며, 아직 침실에서 곤히 자고 있는 늙은 아내의 단잠을 깨울세라 조심조심 현관문을 닫고 나온, 꿈꾸듯 하강하는 16층 엘리베이터, 어두컴컴한 영하 6도의 겨울 새벽 6시, 나는 다시 우리 동네 피트니스 운동 센터의 러닝머신 위에서 4km를 천천히 달리는 동안, 아아, 나는 외롭다, 이 캄캄한 겨울 새벽에 나는 누구이며 나는 이곳에 여기에 왜 와 있는가를 되짚어 보다가……

미생마未生馬

영하 10°의 한파가 몰아친 겨울밤
드라마 〈미생未生〉을 보고 밤늦게 잠이 들었다
그 밤에 밤새도록 반상盤上에서
나는 쫓기고 또 쫓겼다
흑과 백, 삶의 길은 다른데
우상귀에서 중원까지 생과 사가 다급하다
까마득한 슬픈 세월
출판사 신입사원 시절의 절벽 끄트머리
직장 조직의 말단이 겪는 비애
아내와 아이들의 밥그릇을 지키기 위해
하루에도 다섯 번 허리를 굽히고
하루에도 여섯 번 자존심을 죽였다
상사의 면전에 던지는 사직서는
곧 우리 가족 모두에게 난파선.
쫓기고 또 쫓기며 이사했던

슬픈 반상盤上의 서울 변두리
중원을 바라보는 내 삶의 행보는
차라리 피투성이
그때 날마다 어디서나 나는 미생마未生馬였다

통영항의 봄날

우리나라 남해안의 통영 앞바다에
봄이 제일 먼저 찾아오는 이유를
나는 알고 있다
전혁림全爀林 화백의 화폭이 펼쳐 놓은
통영 앞바다에는
새벽부터 혼신의 힘을 기울여
전혁림 화백이 붙들어 놓은
코발트블루의 하늘
시인 유치환 · 김춘수의 사랑과 그리움이
파도로 밀려오고
그 위에 음악가 윤이상의 선율이
하루 종일 흐르기 때문이다
특히 전혁림 화백이 붓질한
이 나라의 강과 산
날마다 새롭게 옷을 갈아입는

오방색이 궁금하기 때문이다
궁극적으로
전혁림 화백이 평생 동안
찾아다닌 봄날은
고스란히 그의 화폭 속에 담겨 있다.
그의 화폭 속에서 날아오른 바닷새가
이 나라의 봄을 물고
통영항에 제일 먼저 찾아오는 이유를
나는 알고 있다

민어 한 마리

살아서 거침없이 바다를 물질했던
바다의 신사 민어 한 마리
서해 임자도에서 바다와 함께
택배로 배달된 민어 한 마리
8월 한낮에 펄떡이는 바다를
사위가 끌고 왔다
사위 뒤에서 아마 딸도 힘을 보탰으리라
10kg의 거대한 민어 한 마리가
편백나무 도마 위에 부려지고
자랑스러운 검객처럼 사위의 어깨 등짐 속엔
크기가 다른 세 자루의 빛을 뿜는 회칼
전문 셰프가 아닌 한 남자의
정교한 칼날의 집중력
마장동에서 한 마리의 소가 해체되어
갈고리에 내걸리듯

거대 민어의 몸통과 내장과
살점 한 덩이 한 덩이가 해체되고
그 위에 400년 편백나무의 향기가 얹혀진다
서해 바다의 험상궂은 파도마저
주방 위로 올라와서 철썩인다
살가죽 벗어던지고 얌전하게
저의 침소로 사라지는 민어 한 마리
생존을 바꾸고 몸을 바꾸어서
사람의 시간과 함께할
저 민어의 민첩한 지략
여름 저녁 식탁 위에 오른 민어는
이제 사람과 한 식구
맑고 찬 생수를 마시듯
거침없이 안주를 젓가락질하며
함께 소주를 마신다

기도를 커닝하다

칠순이 다 된 아들과
구순이 지난 어머니가
오장동 함흥냉면집에 와서
회냉면을 먹는다
두 모자母子가 회냉면을 먹기 전에
하느님께 올리는 감사 기도
일생 위에 올린 은혜로움이
회냉면 사발 위에 얹혀 있다
엄마, 맛있어? 칠순의 아들이 말하고
응, 구순의 어머니가 대답한다
나는 모자의 정겨운 대화를
옆자리에서 다 듣는다
감사 기도를 할 때에도
나도 뒤따라 짧게,
'저 모자의 기도와 함께합니다'

감사 기도를 커닝하는 내 모습을
하느님은 일부러 모른 척하신다
흐트러진 손님들의 신발을 정돈하시던 하느님,
입안이 뜨겁고 매운
한 사발의 회냉면을 비우고 나서
나는 먹는다는 것의 은혜로움을
육수를 마시듯
몸속에서 따뜻하게 마무리한다
아아, 문밖에도 빗속에 서 계시는 하느님!

주여, 용서하소서

여름방학 중인

여자 중학교는 적막하다

빨간 4층 벽돌 건물 아래

여학생 하나 느닷없이 출현한다

초조하다

전후좌우를 경계하며 살핀다

급히 팬티를 내리고 스커트를 걷어 올린다

아, 엉덩이

하얗고 예쁜 꽃송이

쉬야를 한다

빨간 벽돌에 분사된 물줄기는 흘러서

하얀 엉덩이 뒤쪽으로 도랑을 이룬다

보지 마라!

눈을 감을 수도 없는 그 잠깐 사이

나는 중학교 이웃집 옥상에서

죄인이 된다

주여, 용서하소서

시를 읽다

식탁 위에 놓여 있던 시집이 바닥으로 떨어졌다 시집 속에 끈끈하게 저희끼리 결속되어 있던 시들이 바닥에 부딪쳐 허공으로 일제히 튀어 오르고, 시의 말들이 사방으로 흩어졌다 무성음으로 하얗게 허공에서 반짝이다 천천히 천천히 높이를 버리고 떨어졌다 바닥에는 피가 흘렀다 응고된 말들이 모두 풀어지니까 그게 모두 시처럼 보였다 시집은 시를 모두 버렸다 하얀 종이뿐이었다

□ 해설

허공의 미학

—시집 『모두 허공이야』에 대하여

이숭원 | 문학평론가

□ 해설

허공의 미학
—시집 『모두 허공이야』에 대하여

이승원(문학평론가)

김지운 감독의 폭력 느와르 〈달콤한 인생〉(2005)은 선문답으로 시작하여 선문답으로 끝나서 묘한 여운을 남긴다. 영화의 도입부에 다음과 같은 문답이 이병헌의 내레이션으로 나온다.

어느 맑은 봄날, 바람에 이리저리 휘날리는 나뭇가지를 보며 제자가 물었다. "스승님, 저것은 나뭇가지가 움직이는 것입니까, 바람이 움직이는 것입니까?" 스승은 웃으며 말했다. "움직이는 것은 나뭇가지도 아니고 바람도 아니며 네 마음뿐이다." 영화의 끝부분에는 다음과 같은 문답이 나온다. 어느 깊은 가을밤 잠에서 깨어난 제자가 울고 있었다. 그 모습을 본 스승이 제자에게 물었다. "무서운 꿈을 꾸었느냐?" "아닙니다." "슬픈 꿈을 꾸었느냐?" "아닙니다, 달콤한 꿈을 꾸었습니다." "그런데 왜 그리 슬피 우느냐?" 제자는 흐르는 눈물을 닦으며 나지막이 말했다. "그 꿈은 이루어질 수 없기 때문입니다."

김종해 시인의 시집 원고를 읽으며 이 선문답이 머리에 계속 떠올라 떠나지 않았다. 이 문답이 떠오른 것은 비단 이번 시집만이 아니라 과거로부터 읽었던 시인의 시편 전부의 영향일 것이다. 아마도 그의 시가 대상과 자아의 관계에 대해 질문을 던지고, 생의 기쁨과 슬픔에 대해 근원적 탐색을 요구하기 때문일 것이다. 특히 이번 시집의 시편들은 '허공'이라는 단어가 마음에 뚜렷한 파문을 일으켰다. 나뭇가지가 흔들리는 것도 허공 속의 일이요, 꿈을 꾸는 것도 실재가 아닌 허공의 작용이기 때문이다. 우리 마음이 흔들리기에 허공 속 형상이 흔들린다고 느끼고, 잡히지 않는 마음 때문에 달콤한 꿈에 매달려 눈물을 흘리는 것인지 모른다. 요컨대 이번 시집의 시는 허공의 진리에 대해 나지막하면서도 강렬한 물음을 던지는 것으로 이해되었다. 그때 다음과 같은 선문답이 또 떠올랐다.

조주 스님에게 한 행자가 물었다. "달마 조사가 가져온 불교의 심오한 진리가 무엇입니까?" 조주는 "뜰 앞에 잣나무가 있구먼." 하고 말했다. 답답한 행자는 다시 "저는 어떤 특정

한 대상을 말하는 것이 아닙니다."라고 말했다. 조주도 "나도 특정한 대상을 말하는 것이 아닐세." 하고 답했다. 행자는 다시 물었다. "달마 조사가 가져온 불교의 심오한 진리가 무엇입니까?" 조주는 다시 "뜰 앞에 잣나무가 있구먼." 하고 말했다.

뜰 앞에 잣나무가 있고 뜰 뒤에는 대나무가 있다. 앞에는 시내가 흐르고 뒤에는 산이 펼쳐져 있다. 해가 지면 어둠이 오고 새벽이 되면 밝음이 온다. 바람 같고 구름 같은 시간의 흐름을 따라 잎이 떨어지고 눈이 쌓이고 꽃이 피어나고 녹음이 물든다. 그 흐름을 따라 만물의 형상이 명멸하고 희로애락의 삶이 전개된다. 그리고 시간의 궤적 아래 기억의 자취가 길게 남는다. 허공 속에 펼쳐진 삶의 자취는 지나간 것이기에 그 자체로는 기쁜 것도 아니고 슬픈 것도 아니다. 그러나 각각의 시간의 매듭 속에는 인간의 기쁨과 슬픔이 서려 있다.

김종해 시인의 시는 기억의 자취가 갖는 무색의 바탕과 시간의 매듭에 응결된 애락哀樂의 형상 사이를 아슬아슬하게 비행한다. 그것이 남긴 항적은 대체로 고적하면서도 아름답고 때로는 신비로운 경관을 펼쳐 낸다. 그 영상은 보이지 않는 마음의 투영이어서 한편으로 비밀스러운 모호함을 남긴다. 우리가 지각할 수 있는 것은 삶 자체가 아니라 삶의 흔적이고, 우리가 실제로 체험하는 일도 종국에는 신기루 같은 자취로 남겨지는 것이 아닐까? 어쩌면 이 모호함이야말로 수많은 예술 작품을 이끌어 낸 원동력일지 모른다. 그런 점에서 김종해 시가 환기하는 모호한 아름다움을 살펴보는 것은 매우 중요한 의미를 지닌다.

이제 비로소 보이는구나
봄날 하루 허공 속의 문자
하르르 하르르 떨어지는 벚꽃을 보면
이생의 슬픈 일마저 내 가슴에서 떠나는구나
귀가 먹먹하도록
눈송이처럼 떨어져 내리는 벚꽃을 보면
세상만사 줄을 놓고
나도 꽃잎 따라 낙하하고 싶구나
바람을 타고
허공중에 흩날리는
꽃잎 한 장 한 장마다
무슨 절규, 무슨 묵언 같기도 한
서로서로 뭐라고 소리치는 마지막 안부

봄날 허공중에 떠 있는
내 귀에도 들리는구나

—「모두 허공이야」 전문

봄날 나뭇가지에 잠시 머물다 떨어지는 벚꽃의 형상은 대상의 존재감과 소멸감을 집약적으로 보여 주는 최상의 질료다. 벚꽃이 지는데 소리가 날까? 가벼운 꽃잎이 지는데 무슨 소리가 날 것인가? 그러나 바람에 한꺼번에 흩날리는 벚꽃을 보면 소리가 난다는 착각이 든다. "하르르 하르르"라는 말은 떨어지는 벚꽃의 모양과 들리지 않는 음향을 형상화하는 미묘한 어구다. 벚꽃의 흩날리는 모양은 무언가 전하려는 음성을 계속 들려주는 듯하다. 그래서 시인은 "귀가 먹먹하도록"이라는 표현을 했다. "허공 속의 문자"인 벚꽃이지만 간절한 사연을 끊임없이 들려주고 있기에 귀가 먹먹한 느낌이 드는 것이다.

허공 속에 들려오는 무성無聲의 울림을 감지하며 시인은 자신도 "꽃잎 따라 낙하하고 싶구나"라고 독백한다. 이 독백 역시 "허공 속의 문자"다. 허공에 흩날리는 꽃잎의 상징적 전언은 '낙하'다. 있던 곳을 떠나 스스로 하강하는 것. 이것이 허공의 문자가 들려주는 메시지다. 몸을 완전히 비우고 소멸

하지는 못해도 하강의 몸짓을 통해 자신의 지워짐을 표현하는 것은 부러운 일이다. 자신의 몸에 끝까지 집착하여 존재의 옹이에 매달리는 것이 인간이 아니던가? 「천년 석불을 보다」에서 노래했듯 몸이 사라지면 슬픔과 기쁨 또한 사라지는 법이다. 그러나 인간은 몸에 매달리기에 슬픔과 기쁨에서 벗어나지 못한다.

벚꽃은 계속 떨어진다. 허공의 문자는 계속되고 들리지 않는 음향도 귀가 먹먹하도록 이어진다. 그 소리는 절규 같기도 하고 묵언 같기도 하다. 앞에서 시각과 청각이 유와 무의 대비를 이루듯 여기서는 '절규'와 '묵언'이 대비를 이룬다. 절규면 묵언일 수 없고 묵언이면 절규일 수 없다. 그러나 시인의 상상력 속에서는 가능한 일이다. 시각으로만 보이는 꽃잎의 낙하를 귀가 먹먹하다는 극단의 청각으로 표현한 것처럼, 절규는 절규이되 아무 소리가 들리지 않으며, 묵언은 묵언이되 절규에 해당하는 묵언으로 표현한 것이다. 벚꽃의 낙하는 존재가 지상에 남기는 "마지막 안부"이기에 그것은 절규이자 묵언이다. 이 교묘한 이중적 대조를 제대로 받아들이기 위해서는 시인 자신도 낙하하는 꽃잎이 되어야 한다. 그래서 "봄날 허공중에 떠있는 내 귀"라고 표현했다. 꽃잎과 하나가 되어 허공을 낙하하는 몸을 상상한 것이다. 이것이 바로 허공의 미학이다. 허공의 미학은 세상의 진실과 만나 허공의 이법理法으로 승화한다.

눈바람 흩날리는 서촌의 겨울 하늘
허공중에 떠서 혼자 길을 가는 새를 보면
문득 스쳐 지난 그 새
하루 종일 내 마음속에서 날아다닌다
나의 하늘 속으로 들어와
겨울 마포의 그물 속에 갇혀 사는 내게
날개 접는 법에서 날아오르는 법
세상 속으로 연착륙하는 법까지
가르쳐 주지만
해가 뜨고부터 해 지기까지
허공중에 떠서 혼자 길을 가는 나는
왜 스스로 날개 접는 법을 모르는 것일까
그 새가 가르쳐 준 비법
이 땅을 뜨는 이륙법은
왜 알지 못하는 것일까

—「새 한 마리」 전문

허공중에 낙하하는 꽃잎을 보던 시선이 허공을 나는 새로 이동했다. 계절은 봄에서 겨울로 이동했다. 새는 시인의 분신이자 시인의 스승이다. 이 역시 절규와 묵언 같은 대조적 이중 화법이다. 허공중에 떠서 혼자 길을 간다는 점에서 보면 새가 자신의 분신 같은데, 이륙의 방법에서 연착륙의 비법까지 완벽하게 시범을 보이는 몸놀림을 보면 새는 내가 본받아야 할 스승이다. 분신이면서 스승이니 그 새가 "하루 종일 내 마음속에서 날아다니"는 것은 당연하다. 새와 나의 결정적인 차이점은 무엇인가? 혼자 길을 간다는 점은 같지만, 새는 허공을 마음대로 순회하고 나는 "겨울 마포의 그물 속에 갇혀" 살고 있다. 나는 그물 속에 갇힌 유폐된 존재다.

새를 보며 자유로운 비행법을 배우려 한 세월이 무릇 얼마인가? 날개를 펴고 날아올랐다가 날개를 접고 내려앉는 것이 비행의 기본이다. 새는 자신의 날렵한 몸짓으로 모범을 보이지만 시인은 아직 "스스로 날개 접는 법"을 터득하지 못했고, "땅을 뜨는 이륙법"도 배우지 못했다. 이 두 어구는 유폐적 존재로서의 자의식과는 다른 의미를 드러낸다. 욕망의 날개를 접고 순리에 따르는 법을 터득하지 못했고, 몸의 집착에서 벗어나 탈속의 평정심을 얻지 못했다는 뜻이다. 그 자유로운 경지는 새처럼 몸이 허공과 하나가 되어야 이를 수 있다. 벚꽃의 하강과 자신의 낙하는 교감을 이루었지만, 무욕과 탈속의 길에는 아직 오르지 못했다. 그래서 새처럼 허공을 날 수 없는 것이다. 이것이 허공이 주는 깨우침, 허공의 이법이다.

허공의 이법을 배우기를 원하는 것은 이것이 삶보다 죽음의 문제를 해결하는 데 도움을 주기 때문이다. 「봄이 눈앞이다」라는 시는 입춘날 아침 영하의 유리창 밖에 날아가는 새를 제시했다. 사랑하는 사람이 세상을 떠나고 내 가슴에는 내상內傷이 남았다. 입춘이 와도 그 상처는 지워지지 않을 것 같다. 계절로서의 봄은 어김없이 오고 머지않아 다시 벚꽃이 날릴 것이다. 누군가를 보낸 마음은 그 환한 세상을 받아들이기 민망하다. 새는 어떤 계절이 오가건 변함없이 하늘을 비행한다. 나이가 들수록 죽음에 대한 생각이 더 많아지는데 새 같은 평정의 부동심을 유지할 수는 없을까? 이러한 마음이 허공과 새에 더 눈길을 머물게 한다. 삶과 죽음의 순환도 허공의 이법에 속하는 것인데, 죽음의 소멸감을 내면화하기는 참으로 어렵다. 그런 가운데 다음 시는 삶과 죽음의 순환을 순리로 받아들이는 희유한 각성의 순간을 형상화했다.

며칠 후면

한 사람이 하늘로 떠날 것이다
먼저 떠나는 사람과
남아 있는 사람
지상의 대합실은 슬픔으로 붐빈다
아무도 모르는 그곳
별보다 더 멀리
영원보다 더 오랜 곳
수많은 사람들의 행렬이
가고 또 가도 채워지지 않는 그곳
마지막 이별의 슬픔은
언제나 남아 있는 자의 몫이다
며칠 후면 이곳에
또 다른 사람이 와서
하늘로 떠날 것이다

—「호스피스 병동」 전문

김종해 시인이 사랑하는 아우 김종철 시인을 떠나보낸 가슴 아픈 사연은 아는 사람은 다 알 것이다. 시집의 2부 '잘가라, 아우'에 그 애절한 시편들이 모여 있다. 위의 작품도 그때의 체험이 바탕이 된 것이다. 그래도 이 작품은 슬픔을 어느

정도 다스리고 여과된 단계를 표현했다. 시를 쓸 수 있는 감정적 거리가 형성된 것이다. 처절의 극점을 초월해야 "며칠 후면/ 한 사람이 하늘로 떠날 것이다"라는 시행이 나올 수 있다. 떠나는 사람과 남아 있는 사람이 함께 있는 호스피스 병동은 무언가를 기다리는 대합실이다. 온갖 사연을 안고 있는 슬픔으로 붐비는 대합실이다.

먼저 떠나는 사람은 어디로 가는가? "아무도 모르는 그곳/ 별보다 더 멀리/ 영원보다 더 오랜 곳/ 수많은 사람들의 행렬이/ 가고 또 가도 채워지지 않는 그곳"이라고 시인은 말했다. 무신론자를 자처한 시인이기에 이렇게 말할 수밖에 없었을 것이다. 그곳으로 떠나는 사람은 그곳에서 새로운 삶을 시작할지 모른다. 이승의 인연이 다하는 순간에 떠나는 사람이 슬픔이나 연민을 느끼는지 우리는 알 수 없다. 그런 의미에서 "슬픔은/ 언제나 남아 있는 자의 몫이다"라는 시인의 발언은 적실하다. 떠나는 자는 오히려 가볍고 남아 있는 자가 슬퍼하고 아파한다. 남은 자의 슬픔을 충분히 체감하고 마지막 슬픔까지 수용하여 아픔을 극복한 시인은 남의 이야기를 하듯이 "며칠 후면 이곳에/ 또 다른 사람이 와서/ 하늘로 떠날 것이다"라고 말했다. 참으로 무심한 어법이요 지극한 슬픔을 안으로 용해한 담백한 필법이다. 시인은 허공의 이법을 육화하여 탈속의 시어로 형상화한 것이다. 새의 자유로운 비행 법을 전수받았음에 틀림없다. 허공의 이법을 수용했기에 허공의 숙소에 대해서도 다음과 같이 담담하게 말할 수 있었으리라.

아우가 살던 집을 옮겼다
강 건너 마포 절두산 아래 부활의 집
봄 여름 가을 겨울
강물이 반짝이는 아름다운 땅
처형 받은 성자들이 빛이 되어 머무는 곳
아우가 찾던 영생과 복락의 땅이 그곳일까
아침 저녁 오며 가던 강변북로
절두산 지하차도 지나며
운전대 잡은 채 화살기도 하던 곳
성자 김대건 신부와 짧게 대화 하던 곳
절두산 그곳으로 아우가 이사 왔다
마포 신수동 문학세계사에서
걸어서 30분
마침내 아우가 강남에서 강북으로 집을 옮겼다
이승을 넘어서 아우가 이사를 했는데

걸어서 30분
이젠 내가 이승을 넘어
이웃에 이사 온 아우에게 가 볼까
가서 아우에게 못다 한 술잔을 함께 나눌까
절두산 아래 한강물은 흘러가며
자꾸 오라고 오라고 소곤거린다

—「아우가 이사를 했다」 전문

이 시의 담담한 화법은 오히려 깊은 감동의 파문을 일으킨다. 강남 서초동 높은 거주지에서 한강이 보이는 절두산 부활의 집으로 이사한 아우. 옛날 성자들이 머리를 바쳐 순교한 곳이어서 절두산 성지라고 한다. 젖과 꿀이 흐르는 복된 땅이 그곳일까? 그 숙소에 이르기 위해 아우는 67년의 삶을 산 것일까? 그곳은 강변북로를 주행할 때 늘 바라보던 친근한 장소다. 자신의 집무실에서 걸어서 30분밖에 되지 않는 가까운 곳이다.

그곳은 지극히 가깝지만 지극히 먼 공간이다. 걸어서 30분밖에 걸리지 않는 곳이지만 아우는 그곳에 없다. 술잔을 나누고 싶지만 술잔을 받을 손길이 없다. 부재의 숙소. 그래서 이름을 부활의 집이라 한 것일까? 부활의 집에 들어서려면 이승의 문턱을 넘어야 한다. 이것은 위험한 일이다. 아우가 아무리 보고 싶어도 이승의 문턱을 넘는 일은 미룰수록 좋다. "자꾸 오라고 오라고 소곤"거려도 남의 말로 들으며 한강물 흘러가도록 내버려 두는 것이 상책이다. 왜냐하면 죽은 자를 추모하는 것이 산 자의 몫이요, 애도와 축원도 남은 자의 몫이기 때문이다. 아우가 깃든 허공의 숙소를 노래하는 것도 남은 사람들이 할 일이다. 허공의 숙소를 노래하려면 허공의 이법이 작용해야 한다. 허공의 이법이 몸의 순연한 흐름이 될 때 허공의 미학이 완성된다. 그것은 스승인 새의 비행 법을 완전히 터득한 시점일 것이다.

페르시아 사람들이 죽어서야 오를 수 있는 곳
야즈드의 모래언덕 석회석 사구砂丘에
두 개의 봉우리 침묵의 탑이 있다
한 봉우리엔 여자의 시신이
한 봉우리엔 남자의 시신만 오르는
조로아스터교의 장례식 날
망자의 사체를 깨끗이 씻어
향유를 바르면
하늘에 떠도는 수십 마리의 독수리떼

망자의 살과 피는 새들의 만찬
새들은 다투어 망자의 영혼을 이고 날아간다
새 떼와 함께
망자의 영혼은 아득히 하늘에 오르고
페르시아 사람들
그날이 저물기 전에
슬픔을 가슴에 파묻는다
멈추어라 바람이여
황량한 야즈드의 침묵의 탑 위에 서서
나는 오늘
이승에서 삶의 길을 묻는 시인 나그네
이곳을 거쳐간
누대의 페르시아 영혼을 위무하는
화살기도를 문득 쏘아 올린다

―「조장鳥葬」 전문

고대 페르시아 유적으로 남아 있는 조장 터가 이란에 있다. 그곳을 침묵의 탑이라고 부른다. 조로아스터교를 신봉했던 그 시대의 사람들은 망자의 시신을 새가 완전히 먹어 없애야 망자의 영혼이 좋은 곳으로 인도된다고 믿었다. 그래서 옷을 벗기고 몸을 씻어 높은 누대에 올려놓았다. 사체의 살점을 먹은 독수리가 하늘로 날아오르면 망자의 영혼이 높은 하늘로 오른다고 믿었다. 같은 조장 의식을 가진 티베트에서는 새를 죽이지 않고 새의 알도 먹지 않는다. 새를 영혼의 운반자로 믿기 때문이다.

시인은 이 침묵의 탑을 보고 깊은 인상을 받았다. 나도 이 여행에 동행했지만 짧은 소견을 가진 내 눈에는 그저 광막한 벌판에 솟은 붉은 봉우리로 보였을 뿐 이승과 저승의 경계라든가 삶과 죽음의 길 같은 것은 떠오르지 않았다. 허공의 가르침을 받을 마음의 준비가 되어 있지 않았던 것이다. 다른 관광객과 함께 사진 몇 방을 찍고 긴 비탈길을 내려왔을 뿐이다. 그런데 시인은 그 조장 터를 보고 이렇게 장엄한 시를 지었다. 이승에서 저승으로 가는 행로 중 새에게 몸을 맡기는 방법을 구체적으로 보여 주는 유물의 현장감이 시인의 마음을 강하게 흔든 것이다.

침묵의 탑 위 허공중에 몸을 얹힌 망자의 육체가 무릇 얼마일까? 헤아릴 수 없을 것이다. 그 탑 주위를 날다가 소멸해 간 독수리 떼 또한 헤아릴 수 없을 것이다. 그 무량한 세월의 흐름 앞에 시인은 영혼을 위무하는 화살기도를 쏘아 올렸다고 했다. 화살기도oratio jaculatoria란 가톨릭의 용어로 짧고 간

절하게 올리는 기도를 말한다. 무량한 시간의 흐름 속에 인간의 죽음과 영원에 대한 갈망이 무수하게 얽힌 것을 생각하면 저절로 기도가 솟아나기 마련이다. 이란에서 돌아와서 얼마 안 되어 아우의 장례를 치르면서 이 침묵의 탑이 더욱 생생히 기억되고 한 편의 시가 오롯이 창작되었을 것이다. 허공의 이별이 선사한 감동적인 시편이다. 허공의 이별은 허공의 사랑으로 승화되어 명품 미학의 마무리를 장식한다.

엘리베이터가 3층에서 멎고, 일흔을 넘긴 부부가 손을 잡고 천천히 걸어나온다 암병동 진료실 앞에서 남자는 여자를 의자에 앉힌다 여자의 겉옷 앞섶과 털모자를 다독인다 이 세상의 어떤 귀한 보물보다 더 소중하게 여자를 매만지는 품새가 애틋하다 세상의 천길 벼랑 끝에 서서 남기는 숨 막히는 마지막 행위예술, 그들의 사랑과 이별이 어깨 너머로 순간 반짝이는 것이 보였다 일흔을 넘긴 평범한 부부가 남들이 보지 못한 순간순간 보여 주는 저 무언극의 적막, 지금 지상에서 떠나려는 여자를 남자는 온힘을 쏟아서 두 팔로 붙잡고 있다 이별의 순간이 다가온 것을 두 사람은 알고 있다 두 사람은 지금 지상에서 사랑의 의미를 한 글자 한 글자 손가락으로 힘들여 써 가고 있다

—「이별을 보았다」 전문

아우의 추억이 담긴 「어버버버, 어버버버!」는 지금은 할머니가 된, 부산 초장동 산동네에서 어릴 때부터 보았던 벙어리 소녀 할미꽃과 아우와의 "감동적인 프리허그" 장면을 보여 준다. 세월이 흘러도 지난날의 추억은 진하게 이어지는 것이다. 벙어리 할머니와 죽음을 앞둔 시인 아우의 포옹이 "그날이 사라져도 아름다웠다/ 오랫동안 아름다웠다"고 했다. 벙어리 할머니와 아우의 시간을 초월한 포옹이 잊을 수 없는 아름다움으로 각인되듯이 암병동 진료실에서 본 노부부의 사랑과 이별의 의식 역시 깊은 아름다움을 남긴다.

항암 치료를 받아 탈모가 되고 기력이 빠진 늙은 아내를 늙은 남편이 정성을 다해 보살핀다. 시인은 그것을 "세상의 천길 벼랑 끝에 서서 남기는 숨 막히는 마지막 행위예술"이라고 했다. 그들이 보여 준 사랑과 이별의 의식은 예술가가 연출한 행위예술과 같다는 것이다. 신이 연출한 행위예술이라고 해도 좋을 것이다. 생의 어느 고비에 이르면 사람에게 내재해 있던 신성神性이 우러나 이러한 예술행위를 탄생시키는 것일까? 그들이 마지막 기력을 모아 보여 준 지상 최고의 행위는 이별의 순간을 사랑으로 버티는 침묵의 동작이었다. 시인은 이것을 "무언극의 적막"이라고 했다.

이것은 무엇을 떠올리는가? 이 글의 맨 앞에서 보았던 봄날 흩날리는 벚꽃의 아름다운 낙하를 연상시킨다. 그 시가 허공의 미학을 연출했듯이 이 시는 허공의 사랑을 제시했다. 허공의 미학에서 시작하여 허공의 사랑으로 마무리되는 오롯한 원광의 아이콘이 완성된 것이다. 반세기가 넘는 시인의 공력이 빛나는 창조의 동력으로 작용한 결과다. 이 소담한 허공의 미학에 만인의 축복이 깃들 것이다.